ADIVINA... ¿QUIÉN SOY?

Mi función principal es apagar incendios.

RETO 1
Explica qué cosas podemos hacer para prevenir un incendio.

Tanto en las ciudades como en los bosques.

RETO 2

Menciona qué cosas hay en un bosque.

Utilizo un traje especial que me protege del fuego.

RETO 3

Señala qué se puede utilizar para evitar un golpe en la cabeza.

Empleo un camión que cuenta con todo lo necesario para realizar mi trabajo.

RETO 4

Cuenta cuántos escalones tiene la escalera.

En algunas ocasiones tengo que utilizar un avión.

RETO 5

Menciona otros transportes que van por el aire.

Estoy en una estación, siempre preparado para cuando me necesitan.

RETO 6

Encuentra el reloj que está escondido en la estación.

¿Adivinaste quién soy?

¡Sí, soy un bombero!

Une cada frase con la imagen que le corresponda.

Se utiliza para apagar el fuego.

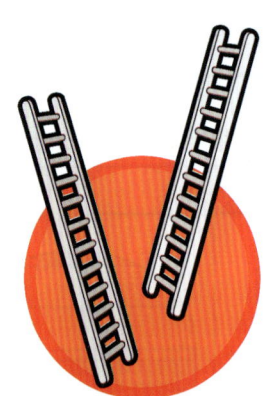

Vehículo que utilizan los bomberos.

Se utiliza para alcanzar los lugares altos.